最棒的禮物

文・圖∖賴馬

U0067953

上個星期，
天使鎮發生了一件令人開心的大事！
今天一早， 大家都帶著禮物去探望。

送這種花也很
適合喲！

好。

1隻ㄓ長ㄔㄤ頸ㄐㄧㄥ鹿ㄌㄨˋ，
推ㄊㄨㄟ著ㄓㄜ粉ㄈㄣˇ紅ㄏㄨㄥˊ色ㄙㄜˋ的ㄉㄜ禮ㄌㄧˇ物ㄨˋ，
經ㄐㄧㄥ過ㄍㄨㄛˋ粉ㄈㄣˇ紅ㄏㄨㄥˊ色ㄙㄜˋ的ㄉㄜ房ㄈㄤˊ子ㄗˇ前ㄑㄧㄢˊ，
他ㄊㄚ帶ㄉㄞˋ的ㄉㄜ是ㄕˋ什ㄕㄣˊ麼ㄇㄜ禮ㄌㄧˇ物ㄨˋ呢ㄋㄜ？

嗨ㄏㄞ！是ㄕˋ烏ㄨ龜
一ㄧˋ家ㄐㄧㄚ人ㄖㄣˊ。

原來是一台
長長的粉紅色推車。

一切都很
順利呢！

拜拜！

很順利嗎，
那真是太
好了！

2隻河馬，
拿著綠色的禮物，
經過綠色的草叢前，
他們帶的是什麼禮物呢？

是蜥蜴
一家人。

拜ㄅㄞˋ拜ㄅㄞˋ！

原ㄩㄢˊ來ㄌㄞˊ是ㄕˋ兩ㄌㄧㄤˇ顆ㄎㄜ又ㄧㄡˋ圓ㄩㄢˊ又ㄧㄡˋ大ㄉㄚˋ的ㄉㄜ˙西ㄒㄧ瓜ㄍㄨㄚ。

我ㄨㄛ看ㄎㄢ到ㄉㄠ其ㄑㄧ中ㄓㄨㄥ一ㄧ個ㄍㄜ一ㄧ直ㄓ在ㄗㄞ笑ㄒㄧㄠ。

真ㄓㄣ可ㄎㄜ愛ㄞ！
我ㄨㄛ也ㄧㄝ很ㄏㄣ愛ㄞ笑ㄒㄧㄠ。

再ㄗㄞ見ㄐㄧㄢ！

好ㄏㄠ吃ㄔ。

3隻棕熊，
帶著橘色的禮物，
經過橘色的圍牆前，
他們帶的是什麼禮物呢？

你們看到了嗎？

嘿！是三色
貓一家人。

再ㄗㄞˋ見ㄐㄧㄢˋ！

原ㄩㄢˊ來ㄌㄞˊ是ㄕˋ酸ㄙㄨㄢ酸ㄙㄨㄢ甜ㄊㄧㄢˊ甜ㄊㄧㄢˊ的ㄉㄜ柳ㄌㄧㄡˇ橙ㄔㄥˊ汁ㄓ。

有一個一直在哭，像這樣。

哇！哇！
哇！

我妹妹也很愛哭，
是愛哭公主。

4隻老虎，
帶著白色、有香味的禮物，
經過白色房子前面，

他們帶的是什麼禮物呢？

啊！是花豹
一家人。

原來是
漂亮的百合花。

我也愛
睡覺！

有一隻
一直在
睡覺。

花¯是ˋ我ˇ們˙特ˋ
別˙選¯的˙。

拜ˋ拜ˋ！

5隻山羊，
拿著裝滿乳白色飲料的
灰色瓶子，
經過一座灰色的拱橋，
他們帶的是什麼禮物呢？

耶！是犀牛一家人。

午安！今天怎麼樣呀？

今天非常開心。

原來是
羊媽媽的鮮奶。

拜拜！

6隻貴賓狗
帶著紫色、有花紋的禮物，
經過公園裡的紫色溜滑梯，
他們帶的是什麼禮物呢？

是斑馬
一家人。

你們好！

原來是
一條柔柔軟軟
的被子。

拜拜！

有一個一直
吸手指頭。

再見！

我妹妹也喜歡
吸手指頭。

好想趕快
看到。

7隻鱷魚，
帶著剛剛採的紅色禮物，
經過了一條河。

他們帶的是什麼禮物呢？

是狐狸媽媽。

哈囉！

你ㄋㄧˇ好ㄏㄠˇ鱷ㄜˋ魚ㄩˊ。

原來是
香香脆脆的紅蘋果。

有一個一直
滾來滾去。

我也想看他
滾來滾去。

哈哈！

樂於學習 享受學習
朱瑞福的游泳課
好評不斷 立即購買

8隻老鼠，

帶著黃色的禮物，

經過黃色護欄前，

他們帶的是什麼禮物呢？

是彩面山魈。

原來是
剛烤好的南瓜餅乾。

有一個一直
黏著媽媽。

跟你一
樣嗎？

藍藍的天空、綠色的草地。

是ㄕˋ大ㄉㄚˋ象ㄒㄧㄤˋ太ㄊㄞˋ太ㄊㄞˋ。

你ㄋㄧˇ們ㄇㄣˊ好ㄏㄠˇ。

叭ㄅㄚ！

9條ㄊㄧㄠˊ大ㄉㄚˋ頭ㄊㄡˊ蛇ㄕㄜˊ，
帶ㄉㄞˋ著ㄓㄜ˙好ㄏㄠˇ多ㄉㄨㄛ好ㄏㄠˇ玩ㄨㄢˊ的ㄉㄜ˙禮ㄌㄧˇ物ㄨˋ，
他ㄊㄚ們ㄇㄣˊ帶ㄉㄞˋ的ㄉㄜ˙是ㄕˋ什ㄕㄣˊ麼ㄇㄜ˙呢ㄋㄜ˙？

手_{ㄕㄡˇ}鈴_{ㄌㄧㄥˊ}鼓_{ㄍㄨˇ}、玩_{ㄨㄢˊ}具_{ㄐㄩˋ}屋_ㄨ、波_{ㄅㄛ}浪_{ㄌㄤˋ}鼓_{ㄍㄨˇ}、玩_{ㄨㄢˊ}具_{ㄐㄩˋ}車_{ㄔㄜ}、手_{ㄕㄡˇ}指_{ㄓˇ}偶_{ㄡˇ}、
玩_{ㄨㄢˊ}具_{ㄐㄩˋ}球_{ㄑㄧㄡˊ}、音_{ㄧㄣ}樂_{ㄌㄜˋ}鈴_{ㄌㄧㄥˊ}、小_{ㄒㄧㄠˇ}喇_{ㄌㄚˇ}叭_{ㄅㄚ}和_{ㄏㄜˊ}沙_{ㄕㄚ}鈴_{ㄌㄧㄥˊ}。

上個星期，
天使鎮發生了一件令人開心的大事！
1隻長頸鹿、2隻河馬、3隻熊、
4隻老虎、5隻山羊、
6隻貴賓狗、
7隻鱷魚、8隻老鼠、
9條蛇，

還有9隻烏龜、8隻蜥蜴、
7隻貓咪、

6隻花豹、5隻犀牛、
4隻斑馬、

3隻狐狸、
2隻彩面山魈、
1隻大象。

大家都
開心的去探望！

叭！
叭！

好可愛！

呵！
呵！
呵！

恭喜！
豬爸爸、豬媽媽

棒ㄅㄤˋ了ㄌㄜ！

哈ㄏㄚ！

耶ㄧㄝ！

恭ㄍㄨㄥ喜ㄒㄧˇ！

生ㄕㄥ了ㄌㄜ 10 隻ㄓ 小ㄒㄧㄠˇ 豬ㄓㄨ！

你們是爸爸和媽媽

最棒的禮物！

← 一號作品。
好可愛呀！可以看很久~

↑ 二號作品和三號作品，也超可愛。　　↑《禮物》已絕版。

作者的話

2007年，也就是十二年前的豬年，我當了爸爸。
而現在，我們家已經有三個小孩了。

《最棒的禮物》是《禮物》的重新創作。
當時，我們全家正因迎接第二個孩子而翻天覆地的為新生兒忙碌著。
養育孩子耗費巨量的精力、花掉幾乎所有的時間，
但同時，卻也感到真實的幸福與美好，所以我創作了這本書：

孩子是，世界上最棒的禮物。

這本書的年齡設定雖然比較低，
但還是想維持讓小讀者能看（玩）得很過癮的要求。
重新創作其實是整體重畫了，除了改變構圖、
增加頁數讓故事產生更多鋪陳，
還重新安排了細節與色彩，希望能達到更好的效果。

親子共讀時能一起猜猜動物們送的是什麼禮物、
玩顏色捉迷藏和認識動物、學習各種形容詞和問候語。
故事裡，相遇的動物數量加起來都是10、
二個相同場景的跨頁裡隱藏著數字1到10。

書裡面還有很多的細節，大家都發現了嗎？

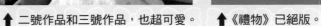

嗨！　+　你們好。

↑ 相遇的動物加起來是10隻。

↑ 兩個相同場景的跨頁裡，隱藏著數字1到10。
（第一個場景1到5，第二個場景6到10。）

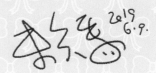

賴馬

專業圖畫書作家，育有二女一子，
創作靈感皆來自生活感受。

創作二十多年，圖畫書作品目前共有十四本，
約一至三年完成一部作品，每有新作都倍受關注。
作品已翻譯、發行多國語言，並授權及發展多樣週邊商品，
並且改編為音樂劇、舞台劇等演出。

賴馬擅長圖像語言，形象幽默可愛，構圖嚴謹巧妙，配色舒服耐看。
編寫故事首重創意，講究邏輯，並處處暗藏巧思，
深受小孩和家長喜愛，適合親子共讀，更為幼兒繪本之首選。

賴馬獲獎無數，如圖書最高榮譽兒童及少年圖書金鼎獎等，
更曾榮登華人百大暢銷作家第一名，
是史上首位登上寶座的本土兒童圖畫書創作者。
著名的情緒四部曲《愛哭公主》、《生氣王子》、《勇敢小火車》、
《朱瑞福的游泳課》累計30萬本的亮眼銷售成績。
除了《早起的一天》被收錄為國小課文外，多張繪本圖像也被採用為課本封面。

賴馬作品

《我變成一隻噴火龍了！》《帕拉帕垃山的妖怪》《早起的一天》
《我和我家附近的流浪狗》《猜一猜 我是誰？》《生氣王子》
《愛哭公主》《勇敢小火車》《慌張先生》《十二生肖的故事》《胖先生和高大個》（與楊麗玲合著）
《金太陽 銀太陽》《朱瑞福的游泳課》，還有這一本《最棒的禮物》。

百合花
代表著祝福、
順利與生命。

桔梗
代表著健康、快樂
與永恆的愛。

象寶寶好可愛呀！

最棒的禮物

作繪者｜賴馬
封面手寫字｜賴拓希
繪圖協力｜賴曉妍、李楚欣

責任編輯｜黃雅妮　美術編輯｜賴曉妍
美術設計｜賴曉妍、賴馬　行銷企劃｜高嘉吟

天下雜誌群創辦人｜殷允芃
董事長兼執行長｜何琦瑜
媒體暨產品事業群
總經理｜游玉雪　副總經理｜林彥傑
總編輯｜林欣靜　行銷總監｜林育菁
副總監｜蔡忠琦　版權主任｜何晨瑋、黃微真
出版者｜親子天下股份有限公司
地址｜台北市104 建國北路一段96號4樓

電話｜（02）2509-2800　傳真｜（02）2509-2462
網址｜ www.parenting.com.tw

讀者服務專線｜（02）2662-0332
　　　　　　　週一～週五：09:00~17:30
讀者服務傳真｜（02）2662-6048
客服信箱｜ parenting@cw.com.tw
法律顧問｜台英國際商務法律事務所‧羅明通律師
製版印刷｜中原造像股份有限公司
總經銷｜大和圖書有限公司 電話：（02）8990-2588

出版日期｜2019年7月　第一版第一次印行
　　　　　2024年8月　第一版第二十六次印行
定價｜360元　書號｜BKKP0235P
ISBN｜978-957-503-438-2（精裝）

──────── 訂購服務 ────────
親子天下Shopping｜shopping.parenting.com.tw
海外‧大量訂購｜parenting@cw.com.tw
書香花園｜台北市建國北路二段6巷11號
　　　　　電話（02）2506-1635
劃撥帳號｜50331356 親子天下股份有限公司

立即購買 >